Zapatos y botas

Lada Josefa Kratky

NATIONAL
GEOGRAPHIC
LEARNING

CENGAGE
Learning·

Donde yo vivo hay
poco sol. Estas botas
me sirven a mí.

Y estas botas
me sirven a mí.

Donde yo vivo
hay bastante sol.
¡Yo no uso zapatos!

¡Y yo tampoco!

Yo nada más uso botas.

Las botas me sirven a mí.

Y estas botas
me sirven a mí.

Estos zapatos
me sirven a mí.
¡Los uso todos los días!

Zapatos y botas
Lada Josefa Kratky

Acknowledgments
Grateful acknowledgment is given to the authors, artists, photographers, museums, publishers, and agents for permission to reprint copyrighted material. Every effort has been made to secure the appropriate permission. If any omissions have been made or if corrections are required, please contact the publisher.

National Geographic and the Yellow Border are registered trademarks of the National Geographic Society.

For permission to use material from this text or product, submit all requests online at www.cengage.com/permissions

Further permissions questions can be emailed to permissionrequest@cengage.com

Photographic Credits:
Cover ©Mabo/Alamy; **Inside Front Cover** (tl) ©Ton Koene/Age Fotostock, (tr) ©Ton Koene/Age Fotostock, (bl) ©Holly Wilmeth/The Image Bank/Getty Images, (br) ©Kobby Dagan/ShutterStock; **1** (boots) ©Bryan Sikora/Alamy, (clogs) ©Sigapo/ShutterStock, (sneakers) ©Alex Norkin/ShutterStock, (rainboots) ©Oleksiy Maksymenko Photography/Alamy, (opanci) ©Richard Peterson/ShutterStock, (pumps) ©Fotosearch; **2** ©Ton Koene/Age Fotostock; **3** ©Ton Koene/Age Fotostock; **4–5** ©Keith Levit/Design Pics/Corbis; **5** ©maurice joseph/Alamy; **6** ©Holly Wilmeth/The Image Bank/Getty Images; **7** ©Kobby Dagan/ShutterStock; **8** © Tomas Rodriguez/Picture Press/Getty Images; **Back Cover** (tl) ©dutourdumonde/ShutterStock, (tr) ©aquariagirl1970/ShutterStock, (cl) ©Bragin Alexey/ShutterStock, (cr) ©Allison Wright/National Geographic Stock, (bl) ©fotohunter/ShutterStock, (br) ©forest badger/ShutterStock.

For product information and technology assistance, contact us at
**Cengage Learning Customer & Sales Support,
1-800-354-9706**

For permission to use material from this text or product, submit all requests online at www.cengage.com/permissions
Further permissions questions can be emailed to permissionrequest@cengage.com

National Geographic Learning | Cengage Learning
1 Lower Ragsdale Drive
Building 1, Suite 200
Monterey, CA 93940

Cengage Learning is a leading provider of customized learning solutions with office locations around the globe, including Singapore, the United Kingdom, Australia, Mexico, Brazil and Japan. Locate your local office at: www.cengage.com/global

Visit National Geographic Learning online at www.ngl.cengage.com
Visit our corporate website at www.cengage.com

ISBN: 978-12854-91318

Printed in Mexico
Print Number: 04   Print Year: 2023

¿Qué zapatos sirven para el frío?

1

2

3

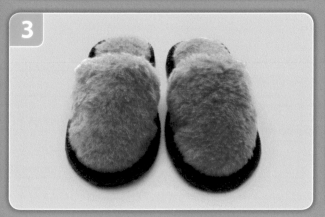

4

5

6

Nivel A | **Libro 19** | **Letra *Zz***

NATIONAL
GEOGRAPHIC
LEARNING

CENGAGE
Learning·

To learn more, visit NGL.Cengage.com

1-888-915-3276

ISBN 978-1-2854-9131-8

90000

9 781285 491318

Papás por todo el mundo

Lada Josefa Kratky

NATIONAL GEOGRAPHIC LEARNING

CENGAGE Learning

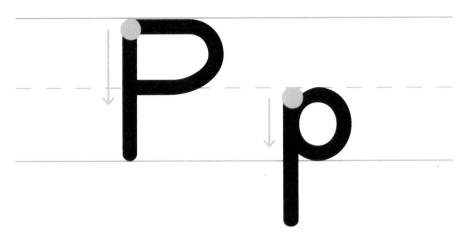

Reconoce esta palabra

Papá   papá

Aprende esta palabra

mapa